NOËLS D'ALSACE
Recueil de Poésies
Chants et Saynètes
par
Mme L. Roehrich
Librairie Evangelique Strasbourg

# NOËLS D'ALSACE

Recueil de poésies,
chants et saynètes

par

## M<sup>me</sup> L. ROEHRICH

LIBRAIRIE ÉVANGÉLIQUE
STRASBOURG

# PRÉFACE

*Nous offrons à notre jeunesse alsacienne quelques pages destinées à rehausser, si possible, cette fête de Noël, toujours aimée entre toutes dans nos familles.*

*Le temps fort court dont nous disposions pour la préparation de ce petit livre nous oblige à réclamer l'indulgence du lecteur.*

*Remercions ici Mlle L. K. qui a bien voulu nous accorder sa collaboration, et nous permettre de publier son « Dialogue entre Hans Trapp et une petite fille ».*

*Ayant tiré de nos papiers « des choses nouvelles et des choses vieilles », nous espérons répondre un peu aux goûts différents des lecteurs, et souhaitons à ces derniers des fêtes de Noël joyeuses et bénies.*

L. ROEHRICH.

*Strasbourg, 24 août 1922.*

# POÉSIES ET CANTIQUES

# Très vieux Noël.
### (In dulci jubilo)

Devant ta crèche, ô Dieu-Sauveur,
Nous sentons frémir notre cœur,
Car, par ta naissance,
Tu prends sur toi notre douleur,
Et, par ta présence,
Tu mets la joie au sein des pleurs,
Calmes la souffrance ! (*bis*)

Comment te louer, Eternel,
De tout ton amour paternel?
   De l'humaine race,
Tu voulus vaincre le péché,
   Qui tous nous enlace,
Et fis naître en un lieu caché
   L'enfant de ta grâce! (*bis*)

Où trouverions-nous ici-bas
Un bonheur ne finissant pas,
   Restant sans mélange?
Ce n'est, Seigneur, qu'entre tes bras,
   Auprès de tes anges,
Que nous pourrons, loin des combats,
   Chanter tes louanges! (*bis*)

## Noël

Ah ! quels sont ces accords de fête,
Ces chants doux et mélodieux,
Ces rythmes sacrés que répète
Le chœur des anges dans les cieux ?

« Gloire soit à Dieu ! Gloire ! Gloire ! »
Porté par les échos rêveurs
Ce cri de joie et de victoire
Va retentir dans tous les cœurs.

Unis ta voix à ces louanges,
Et marche vers l'obscur hameau
Où dort, enveloppé de langes,
Le Fils de Dieu dans son berceau.

Il repose en une humble étable
L'espoir de la terre et du ciel.
O grâce ! mystère ineffable,
Sainte vision de Noël !

Laissant, dans la nuit étoilée,
Leurs troupeaux au bord du ravin,
Quelques bergers de Galilée,
Vont adorer l'enfant divin.

Pour lui témoigner notre joie
Plierons-nous aussi les genoux,
Bénissant Dieu qui nous l'envoie ?
A notre tour, que ferons-nous ?

Ah ! pour lui porter des hommages
Plus agréables que l'encens,
Meilleurs que les présents des mages.
Soyons humbles, reconnaissants !

Près de l'arbre aux branches légères.
Noël ! Noël ! à ton retour,
Pour le Seigneur et pour nos frères.
Nous voulons avoir plus d'amour.

---

## Vers la crèche

Humbles bergers de Galilée.
Assoupis près des troupeaux las.
Dans la tiède nuit étoilée
Ah ! laissez-nous suivre vos pas.
Adorer le divin mystère
Descendu sur la froide terre.
Saluer l'enfant nouveau-né
Que le Père nous a donné !

Et vous qui chantez des louanges
Qui, chez nous, ne résonnent plus,
Répétez-nous vos chœurs, beaux anges.
Etres saints, pour les cieux élus !
Faites tressaillir d'allégresse
Ceux sur qui s'abat la détresse.
Qui, sous des nuages épais,
Ne savent plus trouver la paix.

Toi, modeste petite crèche,
Vrai berceau d'un déshérité,
Ah ! que ta nudité nous prêche
Le saint esprit de pauvreté !
Confonds nos luxes inutiles,
Nos pensers trop vains, trop futiles.
Fais-nous confesser notre orgueil,
Et sur nos fautes mener deuil.

Et vous, savants du monde antique,
Mages, marchant vers votre but,
Guidez-nous vers l'Etoile unique,
Vers le seul Maître du Salut.
Apprenez-nous quelle est l'offrande
Que le petit Jésus demande,
Enseignez-nous qu'offrir son cœur
De tous les dons est le meilleur.

Et toi, pauvre enfant sans défense,
Etre chétif, qui t'es livré
Pour qu'un monde sans espérance
De ses chaînes fût délivré,
Oh ! nous voulons à ton service,
Tout consacrer en sacrifice,
Et promettre, dès aujourd'hui,
De ne vivre que pour autrui !

---

## La Rose de Noël

La terre sombre et nue
A perdu ses couleurs,
La froidure est venue,
Portant la mort aux fleurs.

A peine quelques mousses
Verdissent dans les champs
Et, sous les feuilles rousses,
Vont soupirer les vents.

Une fleur solitaire
A pourtant, dans la nuit,
Entr'ouvert sur la terre
Sa corolle, sans bruit.

Sainte fleur d'espérance,
O rose de Noël,
Pour notre délivrance
Ne viens-tu pas du ciel ?

N'es-tu pas la promesse
Faite en Eden un jour ?
Le gage de tendresse
De l'éternel amour ?

Tu t'ouvres blanche et pure
Pour nous parler de paix,
Pour racheter l'injure
Et couvrir les forfaits.

O rose de la grâce,
Doux pardon du Sauveur,
Auprès de toi s'efface
Et pâlit toute fleur !

## Nuit de Noël, ô nuit d'espoir

Hymnes des cieux, ô chants si doux,
Vibrez, vibrez aussi pour nous !
Que dans la plus humble demeure
Votre écho résonne en cette heure,
O chants si doux ! (*bis*)

Nous t'adorons, petit enfant,
Né chétif et mort triomphant,
Par toi seul le péché s'efface.
Ah ! daigne aussi nous faire grâce,
Petit enfant ! (*bis*)

Arbre éclatant, Noël joyeux,
Mets ton reflet dans tous les yeux.
Rends clair le logis le plus sombre,
Et chasse les larmes et l'ombre,
Noël joyeux ! (*bis*)

## Joyeux Noël

(sur la Mélodie : «Sei uns mit Jubelschalle»)

Dès notre plus jeune âge
Nous célébrons Noël,
Entendons le message
Qui descendit du ciel.
Tu comprends notre enfance,
Petit Jésus, tu sais
Voir notre obéissance.
Ou punir nos méfaits.

Apprends-nous à te suivre.
A t'aimer en tous temps,
Pour toi nous voulons vivre,
Devenir tes enfants.
Parmi les dons de fête,
Seigneur, accorde à tous
Une âme toujours prête
A t'accueillir chez nous.

## Quel est ce doux message ?

(Mélodie : «Auf! Auf! Ihr Reichsgenossen»)

Quel est ce doux message ?
Notre roi vient à nous !
Dressons à son passage
Les sapins et les houx !
Noël, fête suprême,
Qui fait notre bonheur !
O Jésus, viens toi-même
Habiter notre cœur !

Ah ! restaure et console
Ceux qui pleurent tout bas !
Que ta sainte Parole
Relève les fronts las !
Viens dissiper notre ombre,
Nous apporter la paix,
Mettre dans la nuit sombre
Ton étoile à jamais !

## Enfants, venez tous !

(sur la mélodie : «Ihr Kinderlein kommet, o kommet doch all!»

Enfants, venez tous, venez à l'humble étable
Où l'enfant Jésus, le Sauveur adorable,
Dans la froide crèche a trouvé son berceau ;
C'est à Bethléem, l'humble, l'obscur hameau.

Au céleste éclat d'une lumière étrange
Repose un petit enfant, plus beau qu'un ange :
Le Messie espéré, longtemps attendu,
Comme un mendiant sur la paille étendu !

Marie et Joseph adorent en silence,
Et nous, nous voulons contempler, dès l'enfance,
En nous prosternant humblement à genoux
Ce divin Sauveur qui vint naître pour nous.

Comment, ô Jésus, assez te rendre grâce,
A toi qui sur terre à nos côtés pris place ?
Voici notre cœur, nous venons te l'offrir,
En te demandant de toujours nous bénir.

———

## Des hauts cieux, je descends . . .

(imité du cantique de Luther : «Vom Himmel hoch, da komm' ich her»

«Des hauts cieux vers vous je descends !»
Ecoutez ces joyeux accents :
A la terre lasse et rebelle
Parvient une bonne nouvelle.

Aujourd'hui, dans un gîte obscur,
Nous est né l'enfant saint et pur,
Qui désormais sur notre voie
Va semer la paix et la joie.

C'est le Seigneur ! c'est le Sauveur !
Il peut ôter toute douleur.
Le libérateur qui s'avance
Vient apporter la délivrance.

A ta naissance, enfant divin,
Je ne puis qu'adorer sans fin,
Devant l'ineffable mystère
Doit s'incliner toute la terre.

———

## Jésus sur la terre

(Traduction libre du cantique : «Christus ist gekommen».)

Jésus sur la terre
Vient vers nous des cieux,
Et tant de lumière
Eblouit nos yeux.

Entendez les anges
Chanter au Sauveur
L'hymne de louanges
Remplissant leur cœur :

« Gloire soit au Père,
« Gloire à l'Eternel,
« Et paix sur la terre ! »
C'est le chant du ciel.

O Jésus, notre âme
Veut te recevoir ;
Elle aussi réclame
Son suprême espoir.

Viens à tes fidèles
Apporter la paix,
Leur donner des ailes
Pour les saints sommets.

Ote de leur voie
Les nuages gris,
Et mets-y la joie
De ton Paradis.

D'une aurore sainte
Fais luire les feux,
Chasse toute crainte
Et rends-nous heureux !

## Dans la nuit solitaire

(A chanter sur la mélodie : «Es ist ein Ros entsprungen».)

Dans la nuit solitaire,
Sous l'âpre vent d'hiver.
A poussé sur la terre
Un frêle bourgeon vert.
Une fleur est éclose,
Un frais bouton de rose
A Noël s'est ouvert.

Marie, humble servante
Nous a donné la fleur,
La Parole vivante,
Jésus, le Rédempteur,
Qu'Isaïe, à l'avance
Voyant la délivrance
Annonçait au pécheur.

Et, dans leur pâturage,
Quelques bergers pieux
Ont reçu le message
Des saints anges des cieux.
Vers la crèche rustique,
En chantant leur cantique,
Ils sont allés joyeux.

L'horizon se dévoile,
Les ténèbres ont fui,
Dans le ciel une étoile
Pour les Mages a lui.
Ils donnent leur richesse
A Christ, et leur sagesse
Ne veut savoir que Lui.

Ah ! qu'Il soit Notre Maître,
Ce doux enfant qui dort !
Par Lui nous voulons être
Fermes jusqu'à la mort,
Croire à son sacrifice,
Marcher à son service
Pour aboutir au port.

---

## Ne craignez pas !

Évangile du jour : «Ne craignez point, car je vous annonce une grande joie !»
Luc. II, 10.

Quels sont ces doux accords de fête
Et ces rythmes mélodieux,
Ces chants suaves que répète
Le chœur des anges dans les cieux ?

«Gloire soit à Dieu ! Gloire ! Gloire !»
Et porté par l'écho vibrant
Ce cri de joie et de victoire
Retentit dans le cœur croyant.

Unis ta voix à ces louanges,
Et cours vers le pauvre hameau
Où dort, enveloppé de langes,
Le Fils de Dieu dans son berceau.

Il repose en une humble étable
L'espoir de la terre et du ciel.
O grâce ! mystère ineffable,
Sainte vision de Noël !

Et, cependant, dans sa bassesse
Quel infini rayonnement !
Quelle force dans sa faiblesse
Et dans son libre effacement !

Mais de la terre qui l'ignore
Les puissants ne se joignent pas
Au petit nombre qui l'adore
Faible, inconnu, chétif et bas !

Quelques bergers de Galilée
Approchent seuls l'enfant divin,
Guidés dans la nuit étoilée
Par des anges au front serein.

Eux, les méprisés de la terre,
Comprennent son abaissement,
Ils ont en lui trouvé leur frère,
Et se prosternent humblement.

La joie éclate en leur visage,
Un chant de fête est dans leur cœur,
Et, pénétrés du grand message,
Ils s'en vont conter leur bonheur.

Et nous ! Où donc sont nos louanges ?
Où donc est notre saint amour ?
Quelle réponse au chant des anges
Balbutierons-nous en ce jour ?

Hélas ! que de craintes, d'alarmes,
De lâcheté dans les combats !
Oh ! que de soupirs ! que de larmes !
Et que, parfois, le cœur est las !

Cependant, comme à l'heure sainte
Où les bergers veillaient aux champs,
L'ange dit : « N'ayez point de crainte,
Et relevez vos fronts pesants ! »

Pour tous les disciples fidèles
Vibre encor ce saint mot d'espoir,
Si même les brebis rebelles
Semblent fuir le bercail au soir.

Priez ! c'est votre arme suprême.
Priez pour les agneaux perdus,
Car le Seigneur toujours les aime.
Priez, qu'ils ne s'égarent plus !

Regardons tous vers la Patrie
Que le Sauveur quitta pour nous,
Heureux d'employer notre vie
A son service humble et si doux !

Relevez, relevez la tête !
Marchez, bien que vous sentant las.
Jésus calmera la tempête.
Ne craignez pas ! ne craignez pas !

---

### Devant la crèche

Oh ! puissions-nous, devant ta crèche,
Jésus, redevenir enfants,
Et du mal être triomphants !
Hélas ! ce qui nous en empêche
C'est la pâleur de notre foi !
Laisse-nous revenir à toi,
Comme les bergers et les mages,
Ces simples de cœur et ces sages,
Et qu'ainsi nos regards sans voile
Distinguent la divine étoile !

---

### Un souvenir de Noël

C'était un logis dénudé :
La mère était morte à la peine,
Et le père aigri, dégradé
Nourrissait en son cœur la haine.

Comme il buvait son maigre gain,
Ne rentrant qu'en état d'ivresse,
Les enfants, qu'il privait de pain,
Avaient connu tôt la détresse.

Et l'aîné, Jacques, se mourait
De quelque consomption lente,
Sans un murmure, le pauvret,
Dévoré de fièvre brûlante !

Louise, la plus grande sœur,
Brave petit chef de la troupe
Tricotait, — avec quelle ardeur ! —
Tout en cuisant la maigre soupe.

Les plus jeunes, aux fronts blêmis,
Couchés sur le sol nu, sans planches,
Ayant faim s'étaient endormis,
Rêvant d'anges aux ailes blanches.

De beaux sapins, de sons joyeux,
Du doux Noël au saint mystère,
D'étoiles descendant des cieux
Pour se fixer sur notre terre…

Louise leur avait conté
Ce qu'elle apprenait à l'école.
Oh ! comme ils avaient écouté
Les doux chants, la sainte Parole !…

Soudain… — Est-ce un rêve insensé ? —
On frappe, dans le grand silence…
Sur ses gonds la porte a grincé.
Un groupe lumineux s'avance.

Des enfants au regard ouvert,
Au visage rose, au pas leste,
Entrent avec un arbre vert,
Resplendissant d'éclat céleste.

Au haut brille une étoile d'or,
Et lumières rouges et blanches,
Bonbons, jouets, — tout un trésor —
S'accrochent partout sur les branches.

Portés par des anges — bien sûr ! —
Suivent des paniers à surprise :
Bons habits, gâteaux et fruits mûrs.
— Tout un souper ! — pense Louise.

Jacques soudain s'est soulevé
Sur le grabat de son martyre.
Ce que les petits ont rêvé
Se réalise, et les fait rire.

Bientôt, portés par les échos,
Des chants ailés vibrent dans l'ombre :
« Gloire à Dieu, dans les lieux très-hauts !
« Amour, paix sur la terre sombre ! »

———

## La petite Marchande de sable

(A dire dans un hôpital).

Il faisait froid, il faisait sombre !
Une enfant lentement dans l'ombre
Se glissait, cherchant au hasard
Un chemin pour son petit char.

Dans la grande ville bruyante
Elle menait toute tremblante
Du sable à vendre, ainsi comptant
Apitoyer les habitants.

Elle aurait, comme à l'ordinaire
Quelques sous pour sa pauvre mère
Qu'un long mal ne pardonnant pas
Retient sur son mauvais grabat.

Mais, en cette veille de fête,
Nul ne remarque la pauvrette !
Chacun court, soit à ses plaisirs,
Soit à l'achat de ses désirs.

Et si, quittant un peu la rue,
Elle entre dans quelque avenue,
Ou bien franchit, presque à tâtons,
Le seuil de certaines maisons,

Elle y trouve des ménagères
Ayant chacune mille affaires :
L'une pense, avec son balais
Changer son logis en palais.

Une autre farcit avec joie
Pour Noël la succulente oie ;
Une troisième met au four
*Kuglopf* et biscuit tour à tour.

Tantôt, dans la poêle bouillante,
Le vin chaud du réveillon chante ;
Ici, c'est près d'un gros *Milchbrot*
Qu'on aligne des *Schwowebrot*.

Déjà de petites lumières
Brillent aux arbres les premières.
L'enfant entend à chaque pas :
« Oh ! du sable ! il ne m'en faut pas ! »

Ayant en vain vu la pratique,
Elle approchait d'une clinique.
Des sons doux et mélodieux
Sortant de là, montaient aux cieux.

En cette heure où chacun s'apprête,
Entrant sans que nul ne l'arrête,
Et se glissant dans les couloirs,
Elle arrive jusqu'aux dortoirs.

Par une porte entrebaillée,
Elle aperçoit émerveillée
D'éclatants arbres de Noël
Qui lui semblent venus du ciel.

Au feu de ces vives lumières,
Sous leur voile, des infirmières,
Et dans de beaux petits lits blancs
Des malades aux yeux ardents.

Vêtus de leurs blanches tuniques,
Des docteurs font de la musique,
Puis, des cohortes de chanteurs
Sous l'arbre exécutent des chœurs.

Quelqu'un, près de la porte ouverte,
Aperçoit alors la pauvrette :
« Que fais-tu là ? Qui t'a permis
« D'entrer ainsi chez nos amis ? »

Et l'enfant en larmes amères
S'écrie : « Oh ! cherchez donc ma mère !
« C'est ici qu'elle doit venir !
« Ici qu'elle pourrait guérir ! »

Alors, près d'elle l'on s'empresse,
On lui demande son adresse.
Un bon docteur, le même soir,
Quittant la fête, alla la voir.

Et la mère, en ce doux hospice
Aux malheureux toujours propice,
Retrouva jusque vers l'été,
Contentement, force et santé.

Décembre 1921.

## Les Cloches de Noël

(Imité de l'anglais, de Tennyson).

Sonnez, cloches, sonnez dans la nuit d'hiver sombre
Dans la plaine glacée et sur les monts déserts !
Une clarté divine a jailli dans notre ombre ;
Sonnez, cloches, sonnez, et vibrez dans les airs !

Sonnez, cloches, sonnez ! qu'une phase nouvelle
Commence pour la terre à ce Noël nouveau,
Annoncez du pardon l'aurore pure et belle,
Et du Dieu rédempteur saluez le berceau !

Ah ! laissez votre voix bannir de cette terre
Tout crime, tout remords, tout deuil, tout mal caché !
Sonnez, cloches, sonnez ! appelez la lumière,
Proclamez le salut s'ouvrant pour le péché !

Sonnez, cloches, sonnez ! que du passé succombent
Les abus, les erreurs, les tristes passions ;
Qu'autour de nous partout les formes vides tombent ;
Ouvrez de l'avenir les grandes visions !

Eveillez de nouveau l'amour des saintes choses,
Aux opprimés portez l'accent consolateur,
Trouvez des combattants pour les célestes causes;
Que votre appel suscite une armée au Seigneur !

Sonnez, cloches, sonnez dans la nuit d'hiver sombre,
Dans la plaine glacée et sur les monts déserts !
Une clarté divine a jailli dans notre ombre,
Sonnez, cloches, sonnez et vibrez dans les airs !

### Eden et Bethléem.

J'ai vu fleurir au Paradis
Un arbre éclatant de lumière ;
Son fruit d'or paraissait exquis,
Mais sa saveur était amère.

Sur un autre arbre, à Golgotha,
J'ai vu saigner, sainte victime,
Celui qui doucement porta
Le châtiment de notre crime.

L'arbre de vie et de splendeur
Engendra la mort et la peine,
L'arbre de mort et de douleur
Fut le salut pour l'âme humaine.

Tout ce qu'Eden avait perdu
L'enfant Jésus vint le refaire,
Remplaçant le fruit défendu
Par le fruit sacré du Calvaire.

Divin mystère du pardon,
Par Bethléem Eden s'efface.
Oh ! sachons comprendre le don
Que Dieu nous a fait par sa grâce !

# SAYNÈTES

# NOËL

**Dialogue entre Hans Trapp et une petite fille (¹).**

### HANS TRAPP

(portant sa hotte pleine de jouets.)

Te voici revenu, Noël,
Le jour préféré des enfants.
Ah ! je veux répondre à l'appel !...
Ma hotte est pleine de présents !...

J'en ai choisi de beaux, de grands,
Pour garçons, fillettes bien sages.
Ils sont pour tous — sauf les méchants —
Qui n'auront pas même d'images !

### LA FILLETTE

Mais où cours-tu donc sans t'asseoir ?
Attends un peu ! Je veux te voir !
On m'a dit de si belles choses
De toi, de tes babys tout roses,
De tes ménages, tes ballons,
Tes pains d'épices, tes bonbons !...
Et puis, tu sais dans les nuits noires
Conter de si belles histoires !

(Hans Trapp fait mine de ne pas entendre et de s'en aller ;
la fillette le retient par le pan de sa tunique.)

Mon cher bonhomme Noël, toi,
Ne veux-tu pas rester chez moi ?
Ne peux-tu donc une heure attendre ?
Poser ta hotte pour m'entendre ?

(Hans Trapp s'arrête et dépose sa hotte.)

---

(¹) Hans Trapp est, en Alsace, la personnalité qui répond à Saint-Nicolas. Nous avons, dans notre ouvrage *A travers notre Alsace*, pages 7 et 8 (Fischbacher, 1894), raconté l'origine de cette légende, qui se rattache aux méfaits du chevalier Hans de Dratt, seigneur du château de Bärwelstein, près Wissembourg, qui mourut en 1415.

## La Fillette

Je suis une petite fille
Qui tâche bien d'être gentille ;
Mais ça ne va pas... quelquefois !...
Oh ! ne fais pas la grosse voix !...
Bien sûr, tu comprends, tu pardonnes !
Même la verge que tu donnes
Est toute en sucre, me dit-on !
J'aurais un souhait — pas bien long ! —
A l'oreille je veux le dire,
Mais, bien sûr, il n'en faut pas rire !...
Tu peux les garder, tes joujoux,
Pour les enfants pauvres..., oui, tous !
Mais sais-tu ce que je souhaite
Pour ma maman, pour mon papa :
Du bonheur, en ce jour de fête.
Oh ! ne me le refuses pas !

Et pour mes sœurs, mon petit frère,
Quelque chose aussi pour leur plaire,
Pour moi, je n'ai besoin de rien,
Si tu veux combler tous les miens.

## Hans Trapp

Allons ! Noël veut bien t'entendre
Si tu promets d'être bien tendre
Avec tes parents tous les jours,
Et de leur obéir toujours !
Vois-tu, le bonheur sur la terre,
Quelque souhait qu'on puisse faire,
Consiste, pour tous les parents,
Dans le bonheur de leurs enfants.
C'est vous qui, dans leur existence,
Mettez des chants, mettez des fleurs,
Qui pouvez calmer leur souffrance,
Réjouir sans cesse leurs cœurs.
  (Pressé, et prêt à s'enfuir, il reprend sa hotte.)
Mais adieu : Noël est là, vite
Portons nos dons à qui m'invite !
Et que des visages joyeux
Viennent m'accueillir en tous lieux !

M<sup>elle</sup> L. K.

# LE ROI DE LA FORÊT

### Personnages :

LE HÊTRE      LE BOULEAU
LE CHÊNE      LE SAPIN
LE CHATAIGNIER

## PROLOGUE

(dit par une fillette vêtue de blanc.)

Je suis la petite fée de la montagne ; je connais bien tous les arbres et comprends leur langage, aussi vais-je vous conter ce qu'ils m'ont dit :

(La fillette sort, le Hêtre entre, représenté par un jeune garçon, vêtu de vert, et portant sur la tête, en guise de chapeau, la petite coupe à quatre dents qui enveloppe le fruit du hêtre. Sa ceinture est entourée de longues feuilles en papier, ayant la forme de celles du hêtre.)

### LE HÊTRE

Je suis le plus grand et le plus beau des arbres de la forêt. Mon tronc est droit et lisse, et les oiseaux viennent chanter dans mes branches et y bâtir leurs nids. Mon fruit, en forme de coupe, contient de petites amandes, qui servent à faire de l'huile. Cette huile de *faîne* est très appréciée des connaisseurs. Dans les temps les plus reculés les poètes m'ont chanté, et Virgile même a vanté mon ombrage :

*Tityre, tu patulæ recubans sub tegmine fagi* (1).

### LE CHÊNE

(porte aussi sur la tête un couvre-chef ayant la forme de la cupule du gland, et de longues feuilles de chêne pendent autour de lui, comme une sorte de ceinture.)

Mois je suis plus beau et plus fort que toi, et c'est pour cela qu'on m'a toujours désigné comme étant le roi de la forêt.

---

(1) Heureux Tityre, assis sous l'ombrage d'un hêtre touffu !

## Le Hêtre

La Fontaine a pourtant dit qu'au moindre souffle tu te romps, tandis que le roseau ne fait que plier !

## Le Chêne

Il n'importe ! Mieux vaut rompre que plier toujours et ne pas savoir ce que l'on veut. Moi je reste ferme, sais résister à la tentation, et défendre mes idées, mes opinions, mes convictions.

## Le Hêtre

Mais tu n'es pas aussi utile que moi, et l'on ne peut pressurer tes fruits pour produire une huile fine.

## Le Chêne

De mes glands on fait du thé, et ils servent aussi d'aliment.

## Le Hêtre

Oui, pour les pourceaux !...

## Le Chêne

Pardon ! les hommes primitifs s'en nourrissaient.

## Le Hêtre

Mon bois donne le meilleur matériel de chauffage. Ah ! qu'il fait bon en hiver dans la chambre bien chaude, quand on entend ronfler le poêle, et que vent et bise font rage au dehors !

## Le Chêne

Mon bois n'est pas un combustible à dédaigner, mais il sert surtout à faire de beaux parquets et des meubles solides, sans compter son utilité dans l'industrie. Tu vois bien que je suis et demeurerai le roi de la forêt.

## Le Bouleau

(qui s'approche modestement. Il est vêtu d'étoffe légère, de longues feuilles minces et de petites chenilles jaunes, qui représentent ses fleurs.)

Vous êtes bien orgueilleux !

## Le Chêne

Et toi ? qu'es-tu ? A quoi sers-tu ? Ton bois n'est pas même un bon combustible !

## Le Bouleau

Tu te trompes, les boulangers et les pâtissiers s'en servent pour chauffer leur four.

## Le Hêtre

Mais tu n'as pas un fruit utile comme le mien.

## Le Bouleau

J'inspire les poètes ; les peintres aiment mon branchage gracieux et mon tronc argenté, et le compositeur Grieg m'a chanté. Je ne me fais pas gloire de cela, du reste, et n'ai pas de prétention à la royauté de la forêt.

## Le Chataignier

(coiffé et vêtu de fruits et de feuilles rappelant cet arbre.)

Eh bien ! Et moi ? Je vaux encore mieux que vous tous ! Mon fruit nourrit les pauvres gens et n'est pas dédaigné à la table des riches. Je suis bien le plus utile de tous les arbres, et c'est moi qui serai le roi de la forêt, tandis que ce stupide sapin, qui s'approche là, n'a rien que ses cônes, ne donnant pas même de chaleur quand on les brûle !

## Le Sapin

(qui s'est avancé lentement dans l'intervalle, est tout enveloppé de ses branches vertes, et coiffé d'un couvre-chef composé de ses cônes.)

C'est vrai ! Je ne me vante pas d'être le roi de la

forêt, mais quand, en automne, vous perdez tous vos feuilles, je garde encore mes aiguilles, et reste bien vert. Alors le petit Jésus descend du ciel pour faire un tour dans la forêt, et me choisir moi ou l'un de mes frères, et nous devenons de beaux arbres de Noël tout brillants, chargés de bougies, de jouets, de bonbons, de pains d'épice, de sucre d'orge et de cosaques !

(Ici, un enfant s'avance, portant un petit arbre de Noël allumé et tout garni)

LE CHÊNE, LE HÊTRE, LE BOULEAU, LE CHATAIGNIER

Ah ! le sapin est tout de même le Roi de la Forêt ! Vive le Sapin !

(Et dans la coulisse on entend chanter :

Mon beau sapin, roi des forêts,
Que j'aime ta verdure !)

# LA NAISSANCE DU SAUVEUR.

(Adapté de l'allemand).

(Introduction en musique)

---

## PROLOGUE

(dit par un enfant vêtu de blanc.)

N'est-ce pas un divin mystère
Qui semble envelopper la terre ?
On sent planer partout, ce soir,
Comme un soupir, comme un espoir,
Des rumeurs, des souffles étranges,
Des envolements d'ailes d'anges,
Et ces frémissements pieux
Unissent la terre et les cieux.

Chaque fenêtre s'illumine,
Les cloches vibrent en sourdine,
Et dans la ville et dans les champs
Montent au ciel les plus doux chants ;
La joie a fait sécher les larmes,
L'amour a chassé les alarmes,
Vaincu le mal, la haine a fui,
Un rayon du ciel même a lui !

O nuit, nuit de Noël sublime,
Splendeur de la plus haute cime !
O lever d'aurore sacré,
Sur l'erreur d'un monde égaré,
Verse aussi tes clartés bénies
Et dans nos cœurs et dans nos vies !
Accomplis pour tous, à jamais,
Tes saintes promesses de paix !

---

## Scène I

# L'Édit de l'Empereur César Auguste.

(La scène représente une place de Nazareth.)

Personnages :

JONA, citoyen juif.
SIMON, son fils.
JOSEPH, un Israélite.
DRUSUS, l'émissaire de l'empereur Auguste.
BRUTUS, un Romain.


SIMON

Père, puis-je partir ?


JONA

Qu'est-ce donc ?... Une alarme ?...


SIMON

Non, dit-on, mais de Rome arrive un héraut d'armes
Tout brillant d'or, des pieds au casque, au bouclier,
Et qui viendrait...

JONA

...De Rome, as-tu dit, pour railler
La race de Juda, sa dégénérescence,
Pour lui vanter l'Empire et sa toute-puissance !...
Ces conquérants romains ! Ah ! comme je les hais !...
Pendant qu'ici mon peuple est courbé sous le faix,
Et que, de jour en jour, augmente sa faiblesse,
Ils ne songent qu'au lucre, à l'orgie, à l'ivresse !...

(Se calmant)

Mais, nos enfants, c'est vrai... Ils ne comprennent pas !
Tout leur plaisir est dans ce brillant, ces appas,
Ces armes d'or, d'acier, ces casques, ces cuirasses
Des durs vainqueurs jaloux exploitant notre race !

(Plus doucement)

Soit ! va, Simon, mon fils... Mais reviens sans retard
Au repas de ce soir prendre avec nous ta part.

(Simon s'éloigne)

JOSEPH

Jona, ce ne sont pas les enfants seuls qu'attire
L'or, le luxe effréné déployé par l'Empire ;
Israël s'est laissé gagner par les faveurs ;
Beaucoup des nôtres sont traîtres à leur honneur,
Et, sans honte, ont porté les nœuds de l'esclavage,
Pour prix de leurs cadeaux, de quelques avantages.


JONA

Non pas tous, ô Joseph ! S'il est des trahisons,
Que de fils de David n'ont pas bu leurs poisons !
A leurs promesses sourds, à leurs faux dieux rebelles,
Ils sont à Jéhovah restés toujours fidèles.


JOSEPH

N'importe ! Rome ici domine à volonté,
Et, pour nous, il n'est plus aucune liberté.
Les meilleurs sont lassés, tombés dans l'inertie.
Ah ! quand viendra la délivrance, le Messie ?


JONA

La prophétie, ami, ne saurait pas mentir.
Elle s'accomplira !... Mais laisse-moi partir...
Qui vient là ?

BRUTUS

Place, place à l'envoyé d'Auguste !


JONA

C'était donc vrai ! Simon mon fils avait dit juste !


SIMON (s'élançant)

Voilà le héraut d'arme et sa suite...


JONA (sévère)

Tais-toi !
L'envoyé de César veut nous faire la loi ;
Mais nous, nous servirons Jéhovah notre maître,
Et, pour la liberté, nous combattrons le traître.

(Simon se serre contre son père)

### BRUTUS

Que parles-tu, manant, de loi, de liberté ?
(Ironique) Est-il plaisant, ce peuple, avec sa vanité !
(Son de cor)
Place au soldat romain !
(le héraut d'armes approche, flanqué de soldats)


### Les mêmes, DRUSUS

De par César-Auguste
Je viens vous apporter une parole auguste ;
Ecoutez tous !

### JOSEPH

Est-ce un nouveau commandement,
Ou quelque impôt de plus ?

### DRUSUS (irrité)

Chut ! C'est un mandement.
Entendez ce que dit l'empereur, votre maître,
Et qu'à l'instant je vais vous faire à tous connaître :
(Lisant) « Moi, souverain romain, riche et puissant César
« Qui veux être obéi sans trève et sans retard,
« J'ordonne que chacun, à la lune prochaine,
« Quitte tout pour se rendre en la ville lointaine
« Siège de sa tribu, pour le dénombrement
« Que je fais de mon peuple. A mon commandement
« Nul ne doit s'opposer ! Il faut que je connaisse
« Votre état pour pouvoir vous faire des largesses. »
(Drusus roule le parchemin)

### JOSEPH

Je l'avais bien pensé ! C'est pour nous soutirer
Quelque nouvel impôt qu'on veut nous attirer !...

### DRUSUS

Chut ! Obéis, Nazaréen ! — Ainsi qu'on fasse
Ce qu'à dit l'empereur. Que le peuple s'amasse
Au lieu de sa tribu.
(Il s'éloigne)

### JONA (à Joseph)

Pour toi, c'est Bethléem,
N'est-il pas vrai ? C'est loin !...

## JOSEPH

Oui, surtout pour ma femme.
Mais, qu'y puis-je changer ? Le travail me réclame,
Car il faudra peiner pour rattraper le temps
Perdu par ce voyage... Et l'hiver, les autans
Vont le rendre plus long, plus dur...

## JONA

L'Eternel veille !
C'est lui qui conduit tout et jamais ne sommeille.

## JOSEPH

Oh ! je voudrais pouvoir en tous temps, comme toi,
En dépit des revers, conserver cette foi !

## JONA (comme inspiré)

Que le sentier soit sombre,
Que sur nous monte l'ombre,
Ne perdons pas l'espoir,
Et Dieu nous fera voir
Une lumière sûre
Perçant la nuit obscure !

Ah ! que cette clarté vous dirige en chemin !
Allez à Bethléem, vous tenant par la main !

## Chant

## Scène II

# Joseph et Marie

(se rendant à Bethléem)

## MARIE

Enfin ! Dieu soit loué ! c'est la dernière côte !
La colline, d'en bas, m'avait semblé si haute !
Et maintenant je vois le chemin parcouru,
Les tournants, le désert morne qui m'a paru
Ne pouvoir prendre fin. Dans la plaine brûlante,
Ah ! j'avançais à peine, en ma marche trop lente.
Je n'en puis plus !

### JOSEPH

Repose-toi! Restons ici!
Comme toi, je ressens de la fatigue aussi,
Car de Jérusalem à Bethléem la route
Est plus longue et pénible encore qu'on ne s'en doute.
Nos pieds se sont blessés aux ronces, aux cailloux,
Et nous sommes parfois tombés sur nos genoux.


### MARIE

Oublions tout cela. C'est Bethléem! Regarde
Ces prés verts et ces fleurs où le soleil s'attarde,
Ces ruisseaux clairs, ces murs sous l'éclat du couchant,
Et ces vallons profonds...


### JOSEPH

Quel pays attachant!...
O Bethléem! Patrie et si belle et si douce!...


### MARIE (d'un ton las, en s'asseyant)

Ah! qu'il fait bon ici s'étendre sur la mousse...
Vois-tu là-bas, là-bas ces vastes champs dorés?
C'est là que glanait Ruth.


### JOSEPH

Et plus loin, dans ces prés,
Que de grands souvenirs, combien de saintes choses
Sous les taillis tout pleins de lauriers et de roses!
David menait là-bas ses paisibles troupeaux.


### MARIE

Ah! qu'il est doux de prendre ici quelque repos!
Oui, je le sens, je suis de cette grande race,
J'entends l'écho d'un long passé que rien n'efface.
La harpe de David vibre aussi dans mon cœur,
Et de ma lèvre un chant monte à mon Créateur!


### JOSEPH

Les temps sont bien changés. Rien, hélas! ne subiste
De ce brillant passé. Indifférent et triste
Notre peuple soumis au joug de l'étranger
N'ose plus croire encor que son sort va changer.
Ils sont maîtres ici.

MARIE (rêveuse)

Et sans eux notre route
Ne nous eût pas conduits à Bethléem, sans doute...


JOSEPH

Te sens-tu reposée ? Au loin, à l'horizon
Le soleil qui s'incline empourpre les maisons ;
Il est temps de partir.


MARIE

Trouverons-nous un gîte ?
Il semble que, là-bas, tout un peuple s'agite.
Et ceux qui sont allés pour s'inscrire en ces lieux
Comme nous sont venus de loin, et sont nombreux.
Qui vient ?

———

## Joseph, Marie, Naomi

NAOMI (une cruche sur la tête)

La paix soit avec vous !


JOSEPH

Dieu te bénisse !


NAOMI

Vous avez eu bien chaud. La nuit vous soit propice,
Vous accorde un repos bien gagné ! Savez-vous
Dans quelle hôtellerie entrer ?


JOSEPH

Oh ! non ! Pour nous,
Les pauvres voyageurs, il faut si peu de place !


NAOMI

Dieu vous conduise, et soit avec vous !

MARIE...

> Que sa grâce
> Ne nous délaisse point! Ah! dans notre abandon
> L'Eternel saura bien nous accorder ses dons!
> Je ne sais quels espoirs en moi vibrent, palpitent,
> Quels étranges pensers en mon âme s'agitent.
> Il me semble de l'ange entendre encor la voix
> M'annonçant l'avenir, et dans les cieux je vois
> Des signes tout divins... O Dieu, de ta servante
> Prends pitié! Rends-la ferme, humble et confiante!

# CHANT

### (pendant l'entr'acte)

## Scène III

# Les Bergers

BENJAMIN, jeune berger, NATHANAËL, son père
et SIMÉON son grand-père.


BENJAMIN (rêveur)

Quel silence sacré! quel admirable soir!
Et que la nuit descend solennelle!


NATHANAËL

Il faut voir
Si les troupeaux sont au complet, si la clôture
Est en ordre.


BENJAMIN

Oui, père!


NATHANAËL

On le sait, la nature
T'absorbera toujours! Tu ne me parles pas!
Voudrais-tu me cacher quelque chose? Tes pas
Sont indécis; sors donc de cette rêverie!
Serait-il survenu dans notre bergerie
Quelque accident?


BENJAMIN

Non pas, mon père, tout va bien,
Mais je ne sais quel trouble est aujourd'hui le mien.


NATHANAËL

L'imagination chez toi si vagabonde
A soudain entrevu des visions profondes...
Quelque rêve nouveau, des scènes d'autrefois
Et, comme à Siméon notre père, des voix
Parlent dans le secret des nuits silencieuses.
Vous avez à vous deux des visions pieuses,
Vous parlez de David, dont ici les troupeaux
Ont dû paître, dit-on, et jusqu'en ton repos
Tu vois le roi-pasteur, te crois à son service
Et, pour lui, prêt toujours à quelque sacrifice,
Tu donnerais ta vie...

#### BENJAMIN

        O père, il n'est pas mort
Et sa postérité renaîtra sans effort.
Avez-vous donc cessé d'attendre le Messie,
De croire à ce qu'ont dit les saintes prophéties ?
Ah! quand viendront les temps prédits, les temps nouveaux ?
Si je pouvais, quittant mes placides troupeaux
Servir le Roi!...

#### NATHANAËL

        Tu sais pourtant quel fut l'exode
De sa race. Et David a fait place aux Hérode!...
Bien mort est le passé, trop dur le joug romain;
Rien ne saurait changer ces choses.

#### SIMÉON

        Non, la main
De l'Eternel n'est point encore raccourcie.
Quand les temps seront là, nous verrons le Messie.

#### BENJAMIN

Ah! s'il voulait hâter ce moment, et venir!
Si moi, pauvre berger, je pouvais le servir!...

#### SIMÉON (d'un ton prophétique, en levant la main)

Au surgeon d'Isaïe un rameau divin germe.
Il viendra le grand Roi, quand sera là le terme,
Il guidera son peuple et vaincra l'ennemi.
O Prince de la Paix, toi qui nous es promis,
Les temps sont accomplis, la terre te désire,
Et l'âme, en sa misère, à ton salut aspire!

(Un chant d'enfants très doux se fait entendre au fond de la
scène)

#### BENJAMIN (qui s'était endormi, se réveille)

Qu'ai-je entendu ? Des sons divins, des sons étranges ..
Et, là-bas, dans la nuit, sont apparus des anges...

#### NATHANAËL (tout saisi)

Je les ai vus aussi!

#### SIMÉON (à genoux)

        Heure de mon désir,
Te voir encor! Te voir! Et puis en paix mourir!

Les mêmes, UN ANGE

### L'ANGE

Ne craignez point, bergers fidèles,
Ne craignez point, car c'est à vous
Que nous apportons la nouvelle:
— O sainte joie offerte à tous! —
Aujourd'hui, dans la ville sainte,
Le Sauveur, Jésus vous est né.
Adorez-le, soyez sans crainte,
Car le pécheur est pardonné!

### CHANT

(sur la mélodie: « Kommt und lasst uns Christum ehren ».

Venez à la crèche sainte,
Chrétiens, approchez sans crainte.
Plus de soucis, plus de plainte,
Jésus, le Sauveur est né!

Touché de notre détresse
Lui, le Fils de la promesse,
Revêtit notre bassesse.
Jésus, le Sauveur est né!

Que le péché nous enlace,
Que la douleur sur nous passe,
Nous avons un Roi de grâce.
Jésus, le Sauveur est né!

Dieu fait de son fils unique
Au monde un don magnifique.
Chantons un nouveau cantique:
Jésus, le Sauveur est né!

———

## Scène IV

# Les Mages chez Hérode.

MELCHIOR, GASPARD, BALTHASAR, HÉRODE, ELKANA, suivant d'Hérode.

### MELCHIOR

Roi! nous te saluons! De l'Orient lointain
Nous arrivons tous trois dès l'aube, ce matin,
Apportant avec nous des trésors qu'on admire:
Des perles et de l'or, de l'encens, de la myrrhe.
Au roi nouveau, venus ici pour les offrir...

**HÉRODE** (interrompant)

J'accepterai vos dons, selon votre désir.
Vous me faites honneur.

**GASPARD**

                    Oh! non, ce n'est pas toi
Que nous cherchons ici!

**HÉRODE**

                    Qui donc, si ce n'est moi?

**MELCHIOR**

Tu me permets, ô roi, de prendre la parole.
Dès longtemps, parmi nous, nos savantes écoles,
Ont lu dans l'avenir, et les traditions
Transmises d'âge en âge à notre nation
Prédisaient un grand roi, devant porter au monde
La liberté, donner à tous la paix profonde.
Nous avons attendu, mais sans le voir jamais
Ce roi puissant et doux, ce Prince de la Paix...

**HÉRODE**

Que veut dire?...

**MELCHIOR**

                    O grand roi, que ta grâce m'écoute!
Une étoile a paru nous traçant notre route.
Nous suivîmes tous trois, et c'est bien en ces lieux
Que s'arrêta pour nous le message des cieux.
Où donc est le roi né? Dis! parle-nous sans voiles!

**HÉRODE**

Un roi né?

**BALTHASAR**

                    C'est ici que s'arrêta l'étoile
Qui nous avait guidés, en se fixant soudain.
Et chez toi nous venons demander ce matin
Ce que sur ce sujet tu pourrais nous apprendre.

**GASPARD**

Oh! parle-nous, Hérode! Où nous faut-il descendre
Pour le trouver?

HÉRODE

> Je ne saisis à vos discours
Rien qu'on puisse comprendre, et l'on sait à ma cour
Que seul ici je suis le roi.

ELKANA (un Israélite, suivant du roi).

> Comme il est pâle !

HÉRODE (d'un ton menaçant)

Ou bien, seriez-vous là pour quelque œuvre fatale,
Pour m'écarter du trône ?...

ELKANA

> Ah ! qu'il tremble ! Il a peur !...

HÉRODE (flatteur)

Princes, redites-moi l'horoscope. Malheur
A qui voudrait ici tromper !... Faites connaître
Sa tribu, décrivez sa race. Où doit-il naître ?
> (Bas, se parlant à lui-même)
Ah ! si je le savais,... je le ferais mourir !...

GASPARD

Ce Roi de paix, ce Roi puissant qui doit venir,
Que l'Eternel au peuple élu qui souffre envoie,
C'est le *Messie* !
> (Tous donnent des signes de saisissement)
> Il vient pour nous rendre la joie,
La liberté, sauver toute la nation ;
Pour arracher l'esclave à son oppression,
Le pécheur à son mal...

HÉRODE

> Le *Messie*, as-tu dit ?...
(Bas) Ose-t-on, devant moi, dire ce nom maudit ?
(A Elkana) Parle ! de tout cela, saurais-tu quelque chose ?
Réponds sans hésiter ; c'est le roi qui l'impose !

ELKANA

L'Ecriture a prédit qu'à Bethléem...

#### HÉRODE (moqueur)

Ah! quoi!
Bourgade sans renom! digne berceau d'un roi!...


#### ELKANA

Bethléem, humble lieu, nous a dit le prophète.
En toi naîtra le chef que l'Eternel apprête
Au peuple d'Israël.


#### HÉRODE (de plus en plus ironique)

Vous l'avez entendu
Allez-y donc, seigneurs! Je veux être pendu
Si vous trouvez un roi dans le pauvre village!
Mais, cherchez bien! Et revenez, ô nobles mages!
Afin que me rendant en ces lieux, à mon tour,
J'aille aussi l'adorer moi-même, au premier jour!


#### MELCHIOR

O roi, pour ton conseil, que nous te rendons grâce!
Mais partons! A la nuit le jour va faire place,
Et, de cette saison, les soirs déjà sont courts.
Bientôt nous reverrons, dans un beau ciel sans voile,
A nos yeux réjouirs reparaître l'étoile.

———

## Scène V

### Les Mages en chemin vers Bethléem.

MELCHIOR, BALTHASAR, GASPARD, les bergers, SIMÉON.


#### BALTHASAR

Avez-vous remarqué combien le roi semblait
Saisi par nos discours?


#### GASPARD

A coup sûr, il tremblait!


#### MELCHIOR

Je frémis pour l'enfant nouveau-né, pour sa vie!...
Notre marche — qui sait? — serait-elle suivie?...
En tous cas, m'est avis, que jamais vers le roi
Nos pas ne reviendront.

**BALTHASAR**

Je le pense aussi, moi !
Mais que peut le Malin ? Mais que peut le tétrarque ?
L'Eternel est le maître, et plus haut qu'un monarque,
Qu'un souverain terrestre, il gouverne des cieux,
Et dirige ici-bas ses enfants en tous lieux.
(Ils entendent un chant lointain)

**GASPARD**

Entendez-vous ce chant ?

**MELCHIOR**

C'est un chant de louanges !

**BALTHASAR**

Et toutes ces clartés ! On croirait voir des anges
Montant et descendant sur une échelle d'or.
Ah ! voilà notre étoile ! Elle apparaît encor
Et sur cet humble toit d'étable elle s'arrête.
(Apercevant les bergers)
Mais voyez ces gens-là ! De quoi sont-ils en quête ?

**GASPARD**

Eh ! ce sont des bergers, qui s'avancent vers nous !
(Les bergers parlent entre eux, sans voir les mages)

**NATHANAËL**

Ah ! quel enfant divin ! Que son sourire est doux !
Quelle lumière pure inonde son visage !

**SIMÉON**

Dieu ! ta fidélité demeure d'âge en âge.
Sois béni pour ta grâce et cet immense don
Que, par ce nouveau-né, tu nous fis du pardon !
Et maintenant, Seigneur, que je l'ai béni, laisse
Ton serviteur vieilli, ployant sous sa faiblesse,
S'en aller, regardant au prochain avenir !
Oh ! je t'ai vu, Sauveur du monde, et peux mourir !

**GASPARD**

Ils parlent du Messie !...

NATHANAËL (aux Mages)

Où voulez-vous vous rendre ?


MELCHIOR

A Bethléem. A peine avons-nous pu l'attendre
Ce moment d'adorer enfin le divin Roi !
Où donc est-il ? Dis-nous...


NATHANAËL

Descendez avec moi,
Et vous le trouverez dans cette étable même.


SIMÉON

O Dieu fort, Dieu vivant, Eternel, toi que j'aime,
Tu l'as donné, ton Fils, pour le salut de tous !
Adorons tes desseins, et tombons à genoux !

(Ils s'agenouillent tous)

(Terminer par un tableau vivant avec la crèche, et par le chant :
« Minuit, chrétiens » !)

# L'ATTENTE DU SALUT (¹).

(La scène représente un atelier de cordonnier)

## I

KALEB, OBED, JUDA

**KALEB**

Tu trouves donc, Obed, que c'est chose banale
D'avoir à réparer des souliers, des sandales ?

**OBED**

Maître, depuis le temps que vous les ravaudez !...
Quel métier !

**KALEB**

Tu le crois ?

**OBED**

Oui, certes, regardez
Ces chaussures sans nom, sans couleur et sans forme !
Mieux vaudrait, à coup sûr, les mettre à la réforme !
Faire du neuf, à la bonne heure !

**KALEB** (examinant les chaussures tour à tour)

O jeunes gens
A vos illusions il faut être indulgent !
Ne vois-tu pas sur ces chaussures les empreintes
Du caractère ? Ainsi chacun montre sans feinte
Ce qu'il a dans le cœur. L'un marche de côté ;
Celui-là va tout droit, mais bientôt s'est heurté
Aux obstacles. Ce pied pèse, écrase et domine.
L'autre aspire aux honneurs. Ici, démarche fine,
Pied qui se pose à peine et comme en hésitant,
Cœur timide, âme ardente, avare ou généreuse ;
On se trahit ainsi !... Là, nature orgueilleuse...

**OBED**

C'est la sandale aussi de Juda, pharisien...
(à part) Mais le voici lui-même ! Ah ! chut ! ne disons rien !

---

(¹) Adapté de l'allemand.

JUDA (frappant sur l'épaule de Kaleb)

Bonjour maître! Toujours exact à votre office.

KALEB

Salut, Juda! Je suis tout à votre service.

JUDA

Service! laisse-donc ce mot-là! Je le hais!
Nous servons depuis trop longtemps! Ah! ç'en est fait!
Il est temps de quitter notre rôle d'esclaves,
Et de fouler aux pieds nos liens, nos entraves!

KALEB

Le peut-on? Si partout notre peuple pâtit,
C'est notre châtiment, nos prophètes l'ont dit!

JUDA

C'est votre faute, à vous qui vous laissez tout faire,
A vous qui repoussez les droits qu'on vous confère!
Tomberions-nous si bas? Ah! ne serions-nous plus
La libre nation, Kaleb, le peuple élu?

KALEB

Chaque chose a son temps, et le soleil n'éclaire
Qu'à son heure. Ah! pour nous aussi s'ouvrira l'ère
De notre délivrance et de la liberté!
Le Messie attendu jettera sa clarté!

JUDA

Nous aurions à porter ainsi le joug sans cesse!...
Tu devrais bien savoir où tous le bât nous blesse.
Mais tu n'as que l'esprit d'un esclave!...

KALEB

                       Merci!
Ah! laissons ce discours, et viens t'asseoir ici.

(Il lui présente un siège, et déroule le parchemin d'un livre
des prophètes)

Lis cela: « Pourquoi tant de plaintes, de blasphèmes!
« Au lieu de condamner, accusez-vous vous-mêmes;
« Pleurez votre péché. »

JUDA (irrité, se levant brusquement)

Ah! voilà bien toujours
La même litanie et les mêmes discours!
Péché, péché, péché! vraiment à vous entendre
Il ne faudrait porter que le sac et la cendre!
Nous avons dès longtemps démoli les hauts lieux,
Et, devant Jéhova, chassé tous les faux dieux.
A quoi bon se frapper sans cesse la poitrine?
Nous avons les vertus et la saine doctrine.
Seuls les sadducéens, gens de peu, sont pécheurs.
Mais nous, les pharisiens, avons ce point d'honneur,
Et notre secte n'est par nulle autre égalée...

KALEB (ironiquement, élevant une sandale en l'air)

Et nos semelles sont toujours immaculées!...
Nous prions en public, et le long des chemins;
Nous dîmons et payons l'anis et le cumin!
C'est à quatre chevaux que notre char nous pousse
Vers la Jérusalem céleste, sans secousse!...

———

# CHANT

## II

# Dans un parvis du Temple

Un PHARISIEN, un PÉAGER, un SADDUCÉEN, HÉRODE, LUCILIUS,
puis SIMÉON, ANNE et ZACHARIE

### UN PHARISIEN

Toi qui connais les tiens, Dieu je te remercie
De m'avoir mis à part! Non, rien ne m'associe
A tous ces péagers, à ces gens sans aveu.
Je te rends grâce ici de n'être point comme eux!
Ta loi sainte, ce peuple en tout lieu la transgresse;
Moi, je l'observe, et suis fidèle à la Sagesse.
Avides et charnels, ils profanent ces lieux,
Moi j'y viens observer les rites rigoureux,
Et m'acquitte avec soin des dîmes de la menthe,
De l'anis, du cumin. — Le Romain les tourmente,
Ils le servent quand même en supportant ses coups,
Heureux, on le dirait, d'en bien porter le joug!
Merci de n'être pas de la race adultère!

## LE PÉAGER

O pitié, Jehova! pitié pour ma misère!
Du poids de mes péchés, viens délivrer mon cœur!

## LE SADDUCÉEN

Pourquoi gémir, manant, et répandre des pleurs?
Sache donc prendre avec plus de philosophie
Et plus légèrement les charges de la vie!

## LE PHARISIEN

(les évitant, et écartant son manteau pour ne pas les frôler)

Vous profanez le temple, impudents! Gardez-vous
D'effleurer mes habits!

## LE SADDUCÉEN

Hypocrite! Tout doux!
De ces dévotions il faut que chacun rie,
Car ce n'est qu'un reflet de votre hypocrisie.
On fait le petit saint, mais se livre en secret
A tous les grands péchés...

## LE PHARISIEN

C'est ton propre portrait!
Va, suppôt de l'enfer! va, race de vipères,
Fuis de ce temple auguste, élevé par nos pères!

## LE SADDUCÉEN

Chien!...

## HÉRODE (s'avançant, à LUCILIUS)

Vois donc ces gens-là se disputer entre eux!
Foi de tétrarque, ils sont à se prendre aux cheveux.

## LUCILIUS

Pour moi, cela m'amuse. Ah! quelle comédie!

## HÉRODE

Mais tu ne connais pas encor leur perfidie;
Ils ont juré ma perte, et la mort aux Romains.
Leurs espions sont là. S'ils le pouvaient demain
Ils me feraient ôter en un clin d'œil du trône,
Pour placer sur le chef de l'un d'eux la couronne.

(avec mépris)

Leur roi des Juifs!...

## LUCILIUS

Non-sens! l'empereur vit encor.
Un signe, et leur audace aura pour prix la mort.
Pour l'instant, nul souci, car Rome sur nous veille.
Méprisons les efforts d'une plèbe pareille!

## HÉRODE

Tu ne sais pas. Ils ont foi dans leurs grands devins,
Leurs prophètes donnant des oracles divins.
Ces oracles m'ont pris le sommeil, je redoute
Des ombres se dressant sans cesse sur ma route...
Je vois la mort hideuse, entends des bruits...

## LUCILIUS

O roi
Bannis ces cauchemars, et je vais, cette fois
T'envoyer la plus belle et plus svelte danseuse
Pour chasser de ton front cette ombre soucieuse,
Y rappeler la joie et les plaisirs perdus.

## HÉRODE

Je les ai trop goûtés; ils ne me tentent plus!
En vain sur mon vieux front tu sèmerais les roses,
Je ne saurais penser qu'à ces terribles choses,
Me poursuivant la nuit de leurs spectres hideux,
Et vomissant sur moi la haine des Hébreux!
C'est pour les apaiser, les rendre favorables
Qu'en ce temple je viens, tremblant et misérable.

## LE PHARISIEN

Haine pour haine! O roi, tu n'échapperas pas
Au châtiment d'en haut qui guette tous tes pas!

## SIMÉON (s'avançant, et s'adressant à HÉRODE)

La paix soit avec toi! Que du Très-Haut la grâce
S'incline vers ton cœur, daigne éclairer ta face!

## LUCILIUS

Hypocrite! flatteur!...

## HÉRODE

Non, le digne vieillard
Est sincère, et je sais que sa bouche est sans fard!
Je ne l'ai vu jamais ayant visage sombre.
Dis-moi, vieux Siméon, toi chargé d'ans sans nombre,
Où puises-tu ta joie? où cherches-tu la paix?
Montre-m'en le chemin, vieillard, si tu le sais!

SIMÉON

Prince, je crois en Dieu, j'attends de sa clémence
Ce qu'il faut à mon âme, et vis en sa présence.


HÉRODE (ricanant)

Croire à l'Eternel, moi!... C'est un rêve trompeur!


SIMÉON (joignant les mains)

S'il en est temps encor, pitié pour lui, Seigneur!
(HÉRODE s'éloigne)


SIMÉON, ANNE, ZACHARIE


ANNE

Au nom de Jéhovah, frère, je te salue!


SIMÉON

Salut sœur! Je bénis chaque fois ta venue!


ANNE

Et moi, je viens vers toi rafraîchir mon espoir
Lorsque ma foi chancelle et qu'il me semble voir
Le peuple s'écarter des promesses, le doute
Augmenter dans les rangs des jeunes... Frère, écoute,
Israël dégénère et se perd par l'orgueil,
Et sur tous nos péchés nul ne mène plus deuil...


SIMÉON

Sœur, ne vois-tu donc pas luire là-bas l'aurore?
La délivrance est proche. Et tu doutes encore!


ANNE

Oh! que n'ai-je la foi qui ne faiblit jamais!
Je m'efforce pourtant à tous ceux dont je sais
Les doutes, les soucis, les peines, les alarmes
De parler du salut et de sécher les larmes,
De prendre aussi ma part des plus pesants fardeaux,
De montrer aux cœurs las le pays du repos!

### SIMÉON

Il en est *Un* qui va venir sur notre terre.
Il sera le remède à toutes nos misères,
Le Fils de l'Eternel, le patient Agneau!
Il chargera sur lui du péché le fardeau,
S'offrira sur la Croix en sanglant sacrifice,
Nous apportant à tous la paix par son supplice.


### ANNE

Ah! je veux croire aussi le message sacré!
Si parfois, en doutant, mon cœur s'est égaré,
A l'autel j'attendrai désormais en prière
Que du salut éclate à nos yeux la lumière.


### ZACHARIE (approchant)

Amis, laissez un frère ici se joindre à vous
Et parler de ces temps qui s'approchent de nous.
Je sens que l'heure est là, l'heure de délivrance,
Et la réalité fait suite à l'espérance.

### CHANT

Fin.

# TABLE DES MATIÈRES

## POÉSIES ET CANTIQUES


Pages

Très vieux Noël (*in dulci jubilo*) ........................ 7
Noël ................................................... 8
Vers la crèche ........................................ 9
La rose de Noël ...................................... 10
Nuit de Noël, ô nuit d'espoir ! ....................... 11
Joyeux Noël ......................................... 12
Quel est ce doux message ? .......................... 13
Enfants, venez tous ! ................................ 14
Des hauts cieux je descends ......................... 14
Jésus sur la terre .................................... 15
Dans la nuit solitaire ................................ 15
Ne craignez pas ! .................................... 16
Devant la crèche ..................................... 18
Un souvenir de Noël ................................. 18
La petite marchande de sable ........................ 20
Les cloches de Noël .................................. 22
Eden et Bethléem .................................... 23


## SAYNÈTES


Dialogue entre Hans Trapp et une petite fille .......... 27
Le Roi de la Forêt ................................... 29
La Naissance du Sauveur ............................. 33
L'Attente du Salut ................................... 49

IMPRIMERIE STRASBOURGEOISE
Rue des Juifs, 15